La Caresse de Jouvence

COLLECTION LA PHALANGE : DIRECTEUR JEAN ROYÈRE

LOUIS MANDIN

L'AURORE DU SOIR

La Caresse de Jouvence

PARIS

ALBERT MESSEIN, ÉDITEUR

19, QUAI SAINT-MICHEL, 19

1927

PRÉFACE

Louis Mandin est né à Paris, dans cette
rue de l'Hirondelle dont un des poèmes qu'on
trouvera plus loin évoque le passé glorieux.
Sombre et souterraine, elle somnole aujour-
d'hui, comme un coin de vieille province,
entre la rue Gît-le-Cœur et la place bruyante
où l'archange saint Michel terrasse le démon.
La grande place l'a supprimée à moitié, a
caché derrière un porche, sous des marches,
le pâle tronçon qui en reste.

La rue de l'Hirondelle est une des plus an-
ciennes voies de Paris, car elle existait avant
l'an 1200. Au Moyen Age, le collège d'Autun
y profilait la façade latérale de sa chapelle.
Au XIVᵉ et au XVᵉ siècle, la Maison des
Evêques y abrita, outre plusieurs seigneurs
ecclésiastiques, un connétable et un maré-
chal de France. Au siècle suivant, le roi en
personne y prit parfois son plaisir. Fran-
çois Iᵉʳ avait sa chambre dans l'hôtel de la
Salamandre, qui communiquait avec le Pa-

*lais d'Amour et appartenait à la célèbre du-
chesse d'Etampes.*

*Science, dévotion, royales aventures, toutes
les grandeurs se sont évanouies, jusqu'à l'hirondelle qui sans doute a donné son nom à la
rue et qui, voici plus de sept cents ans, était
l'enseigne d'une des deux maisons contiguës
à celle où est né Louis Mandin. Mais à présent, c'est l'autre bâtiment contigu qui attire
les yeux et qui est orné d'enseignes, modernes
celles-ci, bonshommes chevelus peints de
verve par de joyeux artistes, au-dessous du
titre : A la Bolée des Etudiants.*

*C'est la « maison Hubert », ouverte au rez-
de-chaussée sur une boutique qui n'a pas de
devanture et a l'air d'une remise, mais que
naguère fréquenta (sans compter les étu-
diants) cette génération d'écrivains qui pos-
séda Verlaine. N'est-il pas curieux que, jus-
tement à côté de cette boutique, soit né un enfant que des vicissitudes obstinées devaient
sans cesse repousser de la poésie et qui cependant, par une vocation infaillible, est devenu un des poètes les plus essentiellement
lyriques de notre temps ?*

—

*Avant de naître, Louis Mandin était déjà
une victime de la guerre, — celle de 1870. Il
a écrit dans le poème* Enfant de la foudre (1) :

Je suis un peu l'enfant de la foudre ennemie,
De la terrible année et du grand blocus de Paris,
Et des bombes sifflant comme des moqueries,
Et frappant les maisons où, dans l'ombre des lits,
Les pâles cauchemars attendaient sans un bruit.
Ma mère, en se couchant, se disait tous les soirs :
« C'est peut-être pour cette nuit »,
Tandis que, répondant à leur artillerie,
Au mont Valérien, mon père faisait son devoir.

Je suis un peu l'enfant de la sainte famine,
Et des jours où la femme en chancelant ne dîne
Que de la fièvre qui la soutient et la mine,
Après l'interminable attente sous la neige
Pour un affreux quignon dont tant d'affamés font le siège.

Or, ma mère vécut tout cela, tout ce prisme
De Flamme, de Douleur, de Beauté, d'Héroïsme,
De Résignation, de Volonté, de Dévouement,
Dont Paris reste auréolé devant les temps.

Quand elle crut revoir enfin la paix, la vie,
Alors, ce fut soudain la Commune, rougie
D'un fratricide sang, bu par les langues d'incendie.

(1) *Notre Passion*, p. 25 (Renaissance du Livre).

Ce printemps, plus sinistre encor que cet hiver,
Elle vécut tout cet enfer.

Et c'est deux mois après, au milieu de l'été,
Qui recouvrit la mort de moissons et de fleurs,
Que me conçut un sein encor tout agité
De pitié douloureuse et d'épuisante horreur.

Je naquis à Paris d'une mère mélancolique,
Et malade à jamais de l'effroyable ébranlement.
Sur moi glissa, comme un spectre de rachitique,
L'ombre de la défaite et du démembrement.
Dégénéré de ma race forte et rustique,
Je suis resté petit, et pâle et rêveur, mais lyrique
Comme Ariel cabré sous l'étreinte des Calibans.

—

Dans son poème Sous le signe perdu de l'hirondelle *(v. plus loin, p. 71), Louis Mandin raconte ce que fut à Paris son enfance enfermée et rêveuse. Il n'avait jamais quitté l'humble logis de ses parents, et il avait tout juste un très vague commencement d'instruction primaire, quand son père fut enlevé par une mort subite. Et c'est le départ de Paris; c'est, pour toute l'adolescence et la jeunesse, la vie éteinte au fond d'une province, d'une campagne où la nature est belle, où l'on trouve des braves gens, des cœurs simples et bons, et aussi des méchants durs et grossiers, mais surtout l'ignorance, et où sans livres, sans guides, cet enfant qui s'efforce de naître à la vie de l'esprit est comme un voyageur perdu la nuit dans un désert.*

Et bientôt (dès l'âge de seize ans), c'est le travail monotone qui, en trois cent soixante-cinq jours, ne connaît pas un dimanche, pas une fête; c'est le morne aplatissement du jeune corps sur un bureau près duquel s'agitent et se démènent les âpres intérêts des paysans, la grosse diplomatie des marchands de biens. On serait surpris et l'on se moquerait fort, si l'on pouvait se douter qu'un poète, ivre de beauté subtile et d'harmonie intime, s'éveille en tâtonnant dans le secret de cette tête pâle et courbée sous le bon joug abrutissant. Mais dans quelle pudeur frémissante, mais sous quel tremblement fier et profond, le coupable cache en lui, ainsi qu'un fruit défendu, ce ridicule qui est son âme et sa vie !...

Cependant, sous les bruits, sous les gueulements extérieurs, comme dans une tombe qu'on foule et qu'on ignore, il y a un dialogue, — tout bas.

—

Tout bas, si bas que nul jamais n'a entendu, il y a un dialogue dans l'ombre. Il met aux prises cette âme qui voudrait éclore et son ennemi, celui qui n'a pas de nom précis, pas de visage, et qu'on ne peut saisir, mais qui vous étreint, et qui vous attache à sa toute-puissance, et vous y maintient mieux qu'une chaîne de fer. C'est le sort, le destin, le fatum, le grand bâtard, né de père et mère inconnus.

Le Grand Bâtard : Tu es à moi, tout entier et pour toujours. Afin que tu ne puisses m'échapper, je t'ai fait débile, pauvre, orphelin, je t'ai frustré de tout, j'ai tout éloigné de toi, la lettre comme l'esprit ; je t'ai voué à la médiocrité ; je t'y ai plongé, englouti comme dans un enlisement sans fond. Accepte la médiocrité, flatte-la, aime-la, fais-en ton étude (la seule étude que je t'aie permise), fais-en ton âme et ta vie, sois pratique, uniquement pratique et terre-à-terre, et tu auras quelque chance d'être heureux comme le troupeau... Il faut obéir au sort, il faut suivre son sort.

Réponse : Suivre son sort ? Siffle, serpent ! Le sort est le contraire du Beau, et j'ai eu (comment, je n'en sais rien) la révélation con-

fuse du Beau. C'est à lui que je veux obéir, c'est lui que je veux suivre et servir.

Le Grand Bâtard : *Alors, dis adieu à l'espérance! Désarmé comme tu l'es, tu n'atteindras qu'au malheur, et, après les luttes cruellement inutiles, il ne te restera que les blessures, la folie, la honte, la misère, les affronts, les rancœurs. Salue les maux d'un Baudelaire, d'un Verlaine, mais songe qu'outre le génie, j'avais donné à ces poètes des armes variées (les études, les relations, la fortune), et qu'ils n'étaient pas, comme toi, entrés dans la bataille faibles et nus, les mains liées, les yeux bandés, un bâillon sur la bouche. A t'obstiner, tu offenses les dieux et les hommes. Les dieux, c'est moi, qui t'ai marqué ta place et ton devoir. Quant aux hommes, vois-les courtiser le sort, qui parfois les en récompense en leur permettant de lui dérober de l'argent, des honneurs... Les hommes détestent l'homme qui ne suit pas son sort. C'est à leur sens un insolent, qui mérite d'être châtié.*

Réponse : *Je ne leur demanderai rien. Ils croiront me voir et ne me verront pas, et, pour me protéger contre la grossière indiscrétion du bétail, je mettrai un masque de glace sur mon visage, le couvercle de la tombe sur mon cœur.*

Le Grand Bâtard : *Eh bien, vivant ou mort, tu appartiendras éternellement à la fée sinistre, la solitude.*

Réponse : *Oui, sinistre, mais fée.*

—

Quoi donc ? Une tempête dans la mare stagnante ? Simplement une querelle entre deux petites factions qui se disputent le conseil municipal, la mairie villageoise, — une de ces querelles sourdes et stupides, bouffonnes et féroces, comme la politique de clocher en sème un peu partout à travers les campagnes. Or, dans cette dispute, deux ou trois Calibans ont marché, je n'ose dire sur Ariel, car, en proie au Grand Bâtard, cet être qui fut toujours frêle ressemble plutôt à l'arbrisseau mal venu et brisé sous les pieds du troupeau, et sans doute il n'a d'Ariel que l'âme qui brûle au fond de sa jeunesse ensevelie. Mais ô suffocante impudence de ce gringalet, de ce déshérité, qui ose écrire dans les feuilles locales et y démolir, y noyer dans le ridicule les articles que d'honorables Calibans, pourvus de « bien au soleil », échafaudent péniblement en se mettant à quatre ! Scandale inattendu, insupportable ! Heureusement que les Calibans sont les plus forts. Et sur le ro-

*seau brisé qui n'a que son âme, on lâche un
député, on lance un préfet, on propulse le mi-
nistre de l'intérieur, — tout cela pour parve-
nir à arracher au desdichado le misérable
emploi dont il vit, et pour le chasser, l'obliger
d'abandonner sa mère mourante, qui ago-
nise depuis des mois et n'a que lui seul pour
la retourner dans son lit...*

*Et l'on voit bien qu'exténué par les priva-
tions, le travail et ses veilles nocturnes de
garde-malade, il est anémié, décharné. Mais
on ne se doute pas qu'il a hier craché le
sang, car il demeure impassible sous le
masque de glace, et, plus généreux que ses
ennemis, cet adorateur du Beau tient à leur
épargner la laideur d'une trop grande jubi-
lation. O tendres idylles des champs innocents ! O poésie virgilienne !*

—

Quelque temps après.

*Le Grand Bâtard : Ah ! ah ! voilà donc que
tu as triomphé de tous et de tout et qu'après
quinze ans de solitude provinciale, tu as malgré moi conquis le droit de revoir Paris et
d'y vivre, et d'y publier tes poèmes ! Oui, mais
inconnu et toujours desdichado, tu as plus
que jamais besoin de me courtiser. Si tu veux*

*qu'on parle un peu de toi, il s'agit beaucoup
moins de faire un chef-d'œuvre que de savoir
flagorner des puissances, te camper dans
une attitude, ouvrir des écoles en carton-
pâte, monter des bateaux en bulles de savon,
trépigner sur la voie publique avec une
affiche dans le dos, enfler des programmes,
proclamer des plans pour incendier le monde
et révolutionner la nature, te poser en
monstre choisi, t'accuser toi-même de turpi-
tudes écarquillantes, pour rendre plus écar-
quillant l'étalage soudain de ta benoîte con-
version.*

Réponse : *Je n'ai jamais rien emprunté à
personne, pas même ses boniments à Pail-
lasse, pas même ses rabats, rouges ou noirs,
à Tartufe, pas même ses ordures à la bête
de l'Apocalypse. J'ai vécu trop longtemps enfermé en moi, c'est-à-dire au centre de la nature sincère, frémissante et profonde. Dans
l'art et la poésie, je resterai l'intérieur de la
nature, l'intérieur de moi.*

Le Grand Bâtard : *Excès de modestie, excès
d'insolence. Tu feras comme le troupeau, —
ou bien compte plus que jamais sur la solitude !*

Réponse : *Écoute-la chanter ! Elle s'appelle
Ariel esclave, les Saisons ferventes. Elle est
douloureuse, elle souffre et saigne, mais rêve*

et travaille, et sur elle se lève, lentement, l'aurore du soir (1).

—

Des voix isolées, des voix en chœur, — et toutes, elles répètent :

— Il faut suivre son sort! Pourquoi ne le suis-tu pas, toi?

C'est la sagesse populaire. Et les voix s'irritent.

— Tu ne vois pas clair, te voici à moitié blanc, tu te tiens debout parce que c'est la mode (2), et tu veux être au front avec les combattants? Tu aimes donc la guerre? Tu y as donc un intérêt? Quel intérêt?

Oui, quel intérêt? Que répondre à ce mot? Parmi tous ces pauvres gens, ces paysans, ces ouvriers que, dans la guerre infernale, travaillent tant d'agents de démoralisation, il y a, certes, beaucoup de rudes gaillards qui ont maintes fois regardé la mort face à face et n'ont pas baissé les yeux. Ils comprendraient qu'on risquât sa vie pour une besogne utile, pour commander, pour conquérir. Mais celui-là qui, on le sait, ne voudrait

(1) *L'Aurore du soir*, titre de série pour tous les recueils de Louis Mandin.

(2) **Expression à la mode aussi, dans ce temps-là.**

pas être même caporal, parce qu'il a trop peur d'avoir à guider dans les ténèbres une escouade que sa mauvaise vue pourrait faire égarer ! Ce volontaire qui, malgré les médecins, les officiers, la Vox populi, *l'âge, la nature, le sort, veut servir et ne veut que servir, ce rêveur délicat qui accepte tout, les plus harassantes, les plus humiliantes et (disons le mot) les plus dégoûtantes corvées, pour être simplement un de ces humbles qui vivent et meurent dans le souffle de la foudre !... Comment leur faire comprendre, à ces pauvres hommes ? Pas avec de grandes phrases, bien sûr. Louis Mandin n'en a pas, il n'est pas assez en dehors, il est trop l' « intérieur de lui-même », sa poésie est une pudeur trop intime — et trop fière.*

Donc, quand on lui demandera d'un air soupçonneux : Quel intérêt ? — *il ne répondra plus que par un sourire. Et les pauvres crânes obscurs s'étonnent, s'effarent. Pour quoi est-il là ?* Quel intérêt ? *Des poings se crispent, des lueurs sinistres passent dans les yeux... Et puis, on s'habitue à cet original, on devient de bon cœur ses camarades, bien qu'on sente encore en lui le solitaire et bien qu'on demeure un peu surpris, pour avoir vu du fond de la tranchée, par une noire nuit d'hiver et de bombardement, son sourire là-*

*haut dans les éclairs, sur le parapet où il
accomplissait une tâche de volontaire, en
songeant à nul ne sait quoi...*

—

*La guerre finie, il est revenu, non pas,
comme les hommes de son âge, dans sa fa-
mille, mais dans une petite chambre d'hôtel
où l'attend ce mort, le silence. Et il se de-
mande : « Est-il trop tard ? » Avoir le don
inné de poésie et l'avoir, loin de tout charla-
tanisme, exercé dans la vie et dans l'art, est-
ce un crime inexpiable, et qui vous enlève à
tout jamais le droit à la lumière, à la fleur,
au foyer ? Louis Mandin refuse de le croire,
et c'est parce qu'il ne l'a pas cru qu'il a pu
écrire le présent recueil et y chanter la « caresse de Jouvence (1) ».*

*Ce recueil est divisé en trois livres. Le pre-
mier est celui des longues années de la solitude, le second celui de la fiancée, le troi-
sième celui de la vie à deux.*

Les poèmes du premier livre ont été faits

(1) *La Caresse de Jouvence,* n'est-ce pas un titre à fa-
cettes ? Avant d'apparaître sous les traits d'une femme,
la fontaine mystérieuse et enchantée n'exerçait-elle pas
déjà son pouvoir, cachée dans l'imagination, dans la
féerie intime du poète ? N'est-elle pas la poésie elle-
même ?

avant ou pendant la guerre, sauf deux ou trois (notamment Symbôle). Quelques-uns ont déjà été publiés en ébauche par des revues : Dans les Ténèbres sacrées *en 1909,* L'Evadé *en 1922. Huit poèmes (sur une quarantaine) ont été extraits des précédents recueils de l'auteur.* Celui qui n'a pas fait de bassesses, L'Ombre, Les nuages reflétés dans les eaux *et* Le chant nuptial d'Ophélie *viennent d'*Ariel esclave. *—* Vision des âges *vient des* Saisons ferventes. *—* Prière de la Toussaint *et* Dans cette nuit de janvier *sortent de* Notre Passion.

Pourquoi ces poèmes d'hier et d'avant-hier dans le recueil d'aujourd'hui? Pour faire de celui-ci un miroir complet. Louis Mandin ne songe pas à renier ses trois premiers volumes. Mais il a désiré que le quatrième, les résumant et les complétant, donnât une image entière de son œuvre.

*Et il avait encore cette autre raison : ces poèmes d'autrefois ont presque tous été corrigés, limés, et ces retouches, bien que légères, sont importantes dans une œuvre d'art telle que la sienne. Le plus grand nombre des poèmes d'*Ariel esclave, *des* Saisons ferventes *et de* Notre Passion *ont été composés très vite, même improvisés dans la chaleur de l'inspiration, puis biffés et refaits par le rêve, par l'amour. Pour justifier ce travail* *transfigurateur, Louis Mandin peut citer d'illustres exemples, Chateaubriand, Mallarmé. Quand il pourra, malgré les difficultés matérielles, publier une édition définitive de ses premières œuvres, il y mettra la perfection à laquelle lui a permis d'atteindre une vie consacrée à la recherche du beau. Mais si la réalisation de ce projet devait se faire trop attendre, il aura du moins, dans* La Caresse de Jouvence, *amorcé cette réimpression.*

—

Le présent recueil, c'est donc, en réduction, toute l'œuvre d'un poète, et cette œuvre (qui n'est peut-être qu'un prélude) est déjà toute une vie, et cette vie est tout un drame, et ce drame est celui de l'humanité même, partie de l'élément, du limon, du déluge, du dénuement primitif, de l'ignorance tâtonnante, et cherchant — malgré le milieu hostile — son verbe, sa loi, ses clartés, ses dieux, — cherchant à se révéler à elle-même, à se réaliser, à monter... Vers où ? Il s'agit ici d'un poète, et nous savons que son idéal est le beau, mais Louis Mandin a trop souffert de la sottise et de l'iniquité pour séparer le beau du juste et du vrai.

Ainsi, son œuvre ira vers une synthèse, et

il est lui-même une synthèse où se rencontrent son art et sa vie, qu'il s'est toujours efforcé d'accorder ; — synthèse où convergent, pour se confondre et se résoudre en harmonie, mais non pourtant sans orage ni douleur, les contrastes de sa nature extrêmement complexe, mélange de courage viril et de sensibilité féminine, de rêve et d'action, de fièvre lyrique et de claire lucidité, de discipline inflexible et d'indépendance farouche, de volonté droite et de vaporeuse, ondoyante fantaisie, de conviction fixe comme les racines de l'arbre et d'imagination inquiète comme ses feuilles dans le vent, — une nature, disons-nous, qui, à son printemps, avait les nuances graves et mûres de l'automne et qui, dans son automne, garde les fleurs et l'enfance du printemps, cette fraîcheur d'illusion, cette naïveté du cœur, singulièrement associée à un sens critique aigu et pénétrant, — enfin, les saisons mêlées, rassemblées dans le pathétique de cette solitude qui s'est lentement incorporée à cet être, et qui l'a isolé parmi la foule et a fait du poëte et de l'homme, dans chaque lutte, le volontaire, le franc-tireur (1).

(1) Franc-tireur : cette expression a été appliquée à Louis Mandin dès 1912 par Mme Henriette Charasson. Il n'en est pas qui le qualifie mieux.

La solitude, elle n'est pas toute l'œuvre de Louis Mandin, mais elle en est le fond, elle y est la prison et le refuge, l'âme et la conscience, la noblesse et la fierté, la méditation et la flamme, la libre exaltation et l'opprimante angoisse, l'inspiratrice douloureuse qui torture l'homme en berçant le poète. Elle est la féerie et le néant, et jusque dans cette « caresse de Jouvence », on voit son ombre se profiler. Ayant mis si longtemps « de la volupté jusque dans le de profundis (1) », elle met un soupir du de profundis dans la volupté. C'est elle qui, sur le sein aimé, s'enivre de visions où douceur et tristesse s'enlacent et s'exaltent mutuellement, — elle qui, pour faire un philtre à l'amour, s'efforce de saisir et sans cesse poursuit l'insaisissable, la cendre qu'elle voit, dans sa hantise, s'exhaler et s'envoler seconde à seconde du visage de l'amour même.

Et certes, elle a dû contribuer, la solitude, à donner aux vers de Louis Mandin ce timbre qui n'est qu'à eux, cet accent frémissant, profond et, pour tout dire d'un mot qui s'impose, solitaire. Or, avoir un accent solitaire, être une voix, petite ou grande, mais bien personnelle, n'est-ce pas le principal, pour un poète?

(1) Préface d'*Ariel esclave.*

*La poésie de Louis Mandin, faite de fer-
veur et d'inquiétude, est le plus complexe des
drames et la plus dramatique des synthèses,
— la plus humaine, la plus vivante, la plus
moderne (on s'en apercevra peut-être bientôt), la plus directement vécue, car même le
symbole, quand il y apparaît, n'exprime jamais une artificielle recherche de rapports
et d'analogies, mais traduit toujours une émo-
tion sincère et naturelle, — et par exemple,
en lisant le poème L'Ombre (p. 38), on com-
prend bien que cette ombre symbolique a été
pour le poète réellement vivante, et que, dans
les promenades solitaires de sa jeunesse à
travers les nuits et la campagne déserte,
c'est vrai qu'il a dû se pencher vers elle pour
lui parler tout bas de l'idéal dont il brûlait,
et qui l'aurait fait traiter de fou, s'il ne
l'avait pas caché dans lui-même, dans son
ombre...*

—

*Pour cette poésie, Louis Mandin dispose
d'une forme très variée, à la fois souple et
solide, comme lui disciplinée et indépendante,
droite comme l'acier ou flottante comme la
vague, et qui va du vers classique au vers
libre et au verset, car l'auteur de L'Aurore*

du soir *a employé le verset après Claudel, mais avant les écrivains qui, depuis la guerre, ont fait de cette forme une mode (1). Louis Mandin, en outre, possède une sorte de vers qui est bien à lui, dont il a été le promoteur et dont il reste le maître, quoique d'excellents poètes s'y soient exercés après lui : c'est le vers de quatorze syllabes, coupé en deux hémistiches (six plus huit).*

Ce vers, que parfois on a pris d'abord pour un vers libre, est au contraire celui qui a besoin de la régularité la plus scrupuleuse, car, étant un peu long, il se déroule sous la menace de s'embarrasser dans les plis de son rythme, comme les pieds d'une belle dame dans la traîne d'une robe de soirée. Il faut donc que la pose soit très nette après la sixième syllabe, et qu'il n'y ait aucune pose entre la huitième et la neuvième (afin d'éviter une confusion sur la place de la césure), ni après la douzième, pour que l'oreille, accoutumée à la cadence de l'alexandrin, n'ait pas l'impression d'en écouter un, suivi d'un vers de deux syllabes. Les règles étant faites pour être violées, il va sans dire que celle-ci pourra permettre des exceptions, mais non

(1) Voir particulièrement le recueil *Notre Passion* (La Renaissance du Livre, 1920).

sans cause ; exemple ce vers du poème L'Ombre :

Ou moins, une ombre,— enfin quelque chose qu'on puisse aimer.

Aimer, *qui est ici le mot essentiel, se détache comme un soupir final, expirant en prolongement de l'alexandrin ; et c'est un effet voulu, effet d'une beauté neuve que le lecteur sentira mieux quand il sera devenu familier avec ce vers grave et profond qu'on appellera un jour, a dit M. Jean Royère, le vers mandinien, et qui nous donne l'ampleur de l'hexamètre, inconnue jusqu'alors dans la poésie française.*

Le vers de quatorze syllabes aura peut-être dans l'avenir une fortune comparable à celle du décasyllabe et de l'alexandrin ; mais il est trop difficile, trop savant, pour être jamais le favori des rythmeurs médiocres.

—

Cette préface n'a pas été faite pour être une étude, ni même un essai de critique, mais pour jeter sur une œuvre quelques éclaircissements épars. Simplement quelques lueurs. Un autre apportera plus de lumière.

F. CONTRERAS.

LIVRE I

DANS LES TÉNÈBRES SACRÉES

I

Est-ce un rêve vivant, du fond des siècles projeté,
Est-ce un rêve ou bien moi qui chantais dans l'obscurité,
Moi, mon âme surgie en un jet de l'Eternité ?

C'est l'éternel poète,

ou ce n'est qu'un souffle agité.

. . . . , .

II

J'étais là, quand, au mont des Olives désert,
Vint Jésus que, de loin, suit Judas le disciple.
Sur moi, sous moi, la nuit s'étendait, sourde et triple,
Tant j'étais seul sous l'Homme et le Ciel, sur l'Enfer

Que repoussait ce cœur ignoré des deux autres,
Si bien que tous les trois s'étaient pour moi faits noirs.
Et j'adorais un dieu qu'on ne pouvait pas voir
Et qui ne promettait que douleurs à l'apôtre.

« Fou ! » m'eût dit le Pharisien s'il avait su.
Mais ils ne savaient pas que j'étais ce sauvage,
Quoique l'un d'eux sentît peut-être à mon passage
Errer un souffle des espaces inconnus.

Je ne leur paraissais qu'une étrange nature.
Et je cachais mon dieu comme un fruit défendu.
C'était un rythme pris à des Edens perdus,
Au fond d'une trop vierge et trop fière culture,

Où vit le Beau, fait d'ordre et d'essor exalté...
Mais la laideur, charmant ces brutes hypocrites,

Trafiquait, brocantait jusqu'au front qui médite
Et qui n'était plus rien qu'un esclave acheté.

Or, j'étais cet esclave ardent, l'âme, la vie
Pantelante, liée aux sépulcres blanchis ;
Et quand ces morts parlants, que leur cendre enrichit,
S'accouplaient, engendraient Mensonge et Vilenie,

Je savais que moi, cœur formé de sensitives,
Lyrisme, amour, je passerais, seul à jamais,
Isolé dans ma voix intime... Et je rôdais,
Lentement, doucement, sous les pâles olives.

Mes yeux virent Jésus ; il ne vit pas mes yeux,
Car ma lumière était trop profonde en moi-même.
Son aube sortira de cette prison blême
Lorsqu'on ne tuera plus sur la terre les cieux.

Mais toujours, bon sauveur, on tuera tes cieux et mes cieux !

Jésus priait. Soudain, j'entendis qu'il disait :
« O mon père, que ta volonté s'accomplisse !

Mais pourtant, s'il se peut, détourne ce calice ! »
Et dans le coin le plus pensif je me taisais.

Il priait. Mais couvert d'une rouge sueur,
Il se mit à verser du sang par tous ses pores.
Et je gardais le mien pour en baigner l'aurore
Qui frémissait dans mon grand rythme intérieur.

Intérieure aussi, ma couronne d'épines,
Avec la croix, les clous, les fouets et les liens...
Pourquoi semer au sol qui n'en sentirait rien
Mon sang fait de soleils et d'angoisses divines ?

« Ce sang, pensais-je, sous la Bête ou sur le mont,
Qu'il brûle clos dans son volcan, dans le silence,
Mais qu'un soir, de ma bouche, il s'élance, il s'élance,
Dans un hymne plus droit et perçant que la lance,
Pour monter en cinglant les Bassesses au front !

« Il renaîtra peut-être en un cœur sans soutien
Dans deux mille ans, et vierge encor sera sa houle,
Lorsque Jésus, baisé, mordu, pris par la foule,
Blasphémé, bu, mangé, sera le corps, le moule
Des siècles, pleins toujours d'impurs Pharisiens.

« Je veux aussi qu'un jour on me boive et me mange.
Mon sang, mon cœur, aux très délicats j'en fais don.
Ah ! que je sois leur mystérieuse vendange !
Et tant mieux que ne puisse y goûter la phalange
Des veaux au mufle d'or et du bétail glouton ! »

*
* *

Nous nous savions vendus l'un et l'autre à la croix.
Le dieu, pâle, à genoux, lamentait sa prière.
Les étoiles baisaient son sang de leur lumière.
Et moi, debout dans l'ombre, en sa froideur de pierre,
Je chantais pour moi seul et plus bas que la voix...

Dans l'ombre, ô chant plus doux et plus vivant que la lumière
Plus profond que les morts, — plus bas que le souffle et la voix !

LA SOLITUDE, PRISON INTIME

I. Muette comme Dieu

O solitude,
Si tu pouvais prendre un visage !
Oh ! je voudrais goûter à tes lèvres ton baiser, sage
Comme les chastetés, irritant comme ta sauvage
Inquiétude !

Vestale insaisissable et sombrement ardente,
Avec ton rêve calme et fou, saint et mauvais,
Qui, plein du feu sacré que l'Apocalypse dardait,
Mis des ailes de foudre à la plume de Dante,
Puis au poignard de Charlotte Corday !

Solitude, prison des aigles,
Créatrice des forts, meurtrière des faibles,

O vierge-mère, ô mére et nourrice de l'énergie
          Et du génie,
Mais qui, plus implacablement
Qu'une Médée, en tes étreintes infinies,
Epuises, fais râler, étouffes tes enfants !

Ah ! tes fluides étreintes qui nous pénètrent
Comme une belle et pensante lumiére.
Comme un subtil poison, comme un ensorcellement traître,
Comme une insinuante, une fécondante poussière
          Funéraire,
Qui dessèche la lèvre et lui donne un goût de baiser,

Un nostalgique, amer, consumant désir de baiser !...

Tes étreintes d'amour et de mort, qui pénètrent
Dans ma chair orpheline, enfin pouvoir les embrasser !

Ma fiancée éternelle, ma solitude,
Inspiratrice immense et dont nul ne voit le visage !
Je voudrais tant goûter à tes lèvres ton baiser, sage
Comme les chastetés, et troublant comme la sauvage
          Inquiétude !

*
* *

Solitude fervente,
Hélas ! muette comme Dieu,
Tu restes mon amante,
Toi qui, dans tous mes sens, plongeas les cieux des cieux,

Les cieux des cieux, ardents comme l'éclair de juin,
Et graves comme l'ombre et les étoiles de décembre...
Oui, car c'est toi qui m'as versé l'esprit divin
Dans mon étroite chambre.

Pour moi, tu transformas ce funèbre mystère,
Ton grand silence mort, en source de vie et de chants.
Et quand splendide expire aux horizons d'or la lumière,
Tu m'as donné, là-bas, l'âme féerique des couchants,
Ces aurores du cœur, dont mes longs soirs sombres s'éclairent.

Et dans les foules qui se courbent vers les fanges,
Tu m'as donné la force étrange
D'être comme ce ciel que rien n'abaisse ou ne dérange,
Et qui semble immobile en son vol plein d'ailes stellaires.

Tu m'as donné la sensibilité
Qui fait souffrir,

Et, sous la dent des loups et des ânes, la pauvreté
                    Qui fait languir,
Et le chagrin stoïque et qui, dans sa fierté,
                    Fait lentement mourir.

Mais en mourant j'aurai sur ma lèvre encor ton sourire
Silencieusement adorateur et dédaigneux,
Déesse du génie, et de l'extase et du martyre,
Solitude,

              — muette, insaisissable,

                          — comme Dieu.

II. Les Fleurs chanteuses

Un jour, après la mort, s'il veut de moi naître des fleurs,
Que ce soient des fleurs de bruyère !
Car celles-ci, là-bas, que j'appelle mes sœurs,
Sont des lyres mélancoliques et légères,
Et dès qu'un souffle, ou chaud ou froid, vient les hanter,
On les entend, ces fleurs, dans les solitudes chanter.
Je les aime surtout vers la fin de l'automne,
Ou dans l'hiver, alors que les autres fleurs ne sont plus,

Quand sous les vents, dans les désolations monotones,
Les bruyères, parmi les grands champs humides et nus,
Agitent leurs pâles sourires,
Leurs délicates nuances, leurs doux soupirs,
Leurs tiges de verdure aux boutons roses si menus,
Que la bise des nuits fait chanter et n'ose flétrir.

Humbles petites fleurs de solitude, fleurs
Et de douceur et de vigueur,
C'est vous que je préfère, ô bruyères, mes sœurs !
Fleurs d'endurance et de musique et de douceur,
Au désert de l'hiver, vous ressemblez tant à mon cœur!

III. Epitaphe

Tout traversé d'éclairs et tout noyé de songerie,
Calme, ardent et secret comme une nuit, chaude d'orage,
Ce poète, le plus intérieur, le plus sauvage,
Des sages le plus fou, mais des fous aussi le plus sage,
Dédaignant à la fin de lutter contre l'asphyxie,
S'est fermé dans la mort comme il fut fermé dans la vie,
Et, pour t'ouvrir au jour, bouquet de gloire sans arome,
Son idéal, le Beau, fleur des ombres ensevelies,
Travaille sous la taupe ainsi qu'autrefois sous les hommes.

CELUI QUI N'A PAS FAIT
DE BASSESSES

Je veux mourir debout, être enterré debout
Dans un cercueil aussi muré que fut ma vie,
Mais qui se dressera vertical et, folie
Dans la sage poussière où doit se coucher tout,

Sera debout, avec moi dans son cœur de chêne,
Pour protester toujours, même du fond des morts,
Contre tous les vautrés avec toute ma haine.

Comme ici-bas, que les Rampants mordent ce corps
Sans savoir que, sous l'ombre ainsi que sur la terre,
Il garde l'attitude, hélas ! du solitaire.

L'OMBRE

Mes yeux, blessés du jour et rabattant leur vol,
Se sont plongés dans mon ombre, collée au sol,
Toujours la même sur ce qui change, l'automne,
Le printemps, et la plaine où la sève fleuronne,
Et les neiges d'hiver et les moissons d'été,
Et l'humus où la vie et la mort, en beauté,
En laideur s'accouplant, et germent et fermentent,
Et font sourdre sans fin les renaissances palpitantes.
Et la pâle Muette écoute sous mes pieds.
Nés ensemble, mon corps à cette ombre est lié
Jusqu'à l'heure où sous terre il doit se fondre en elle.
Et déjà, vers ce lit suprême elle rappelle
Mes regards, quand je suis fatigué de l'effort,
Du travail, du soleil et de sa cendre d'or.
Quand l'astre éclaire, embrase et possède les choses,
Elle est, dans ce bureau, ratatinée et close.
Mais quand dans l'air s'étend un Esprit libre et noir
Qui la prend en silence, elle se mêle au soir,
Comme si, s'éployant, sa flottante stature

Devenait toute l'ombre et toute la nature.
Et tout entier je rentre en la nature aussi,
Et délivré du jour, des mornes tâches, des soucis,
Je retrouve la vie aux yeux doux quoique sombres,
Et vais sous son étoile en respirant son ombre,
Mon ombre...

Toujours la même, elle est l'ombre de mon enfance,
Car sa taille, car son visage
N'a pas d'âge.
Elle ignore le mètre où le corps fixé se condense,
Elle que de là-haut mesurent les soleils.
Parfois, elle me parle, alors que mon front, qui s'avance
Au clair de lune, est incliné vers elle et pense.
Et sa voix me parvient comme un ancien éveil ;
Car son verbe est le grand évocateur, c'est le silence,
Le clair silence, nu divinement comme une enfance,
Le silence d'où nous venons,
Le silence où nous retournons,
Le silence enlaçant qui charme les Lyres intimes,
Si pénétrant, et lumineux et sidéral.
Qu'à ses initiés il fait du bien et fait du mal,
Et que, les emplissant de son fluide astral,
Il les rend fous à la fin ou sublimes ;

Le pur silence, voix de mort et chant d'enfance,
Qui, malgré tous les bruits de la vulgarité,
Sait nous couler au cœur un peu d'éternité...
Sur la route où, le soir, vers l'au-delà sombre je pense,
Il flotte dans mon ombre avec les souffles agités.

*
* *

Mon ombre insaisissable, est-il vrai que je t'aime,
Et n'a-t-il pas raison, ce rire convulsif
Qui rit secrètement, rit en moi de moi-même,
Comme si dans ma gorge il enfonçait des griffes ?

Et n'a-t-il pas raison de rire ainsi de moi
Qui vais aimant mon ombre ?
Mais pourtant je sais bien pourquoi
Je me penche vers toi,
Le soir, en traversant les floraisons ou les décombres.

C'est que tu fus ma seule confidente,
Ah ! celle à qui jamais l'on ne parle que bas,
Et toi seule as mêlé tes pas,
Spectre sans âge, aux pas de ma jeunesse frémissante.

Quand je tendais les mains vers la Beauté,
Vers elle, la splendide réfractaire

Que, hors de nos temps vils, je rêvais la sainte et l'altière,
Quand je tendais les bras pour la prendre, elle la Fierté,
Pour épouser sa robe de clarté,
Pour que, dans les baisers, notre double fécondité
Refleurît en virginités,
En âmes vierges, Lyres vierges, roses vierges,
Je n'ai trouvé, je n'ai saisi, comme un linceul
D'où mon sort vide émerge,
Et mes bras et mon cœur n'ont baisé, rejeté,
Repris comme un linceul,
Comme un amour trompé,
Ombre de moi, rien que toi seule...

Toi le Silence et moi le Rythme palpitant,
Va, nous sommes du moins les deux moitiés de la nature,
Sinistre et douce amie et qui seule m'attends
Pour m'absorber en toi, sous l'herbe aux bruits vivants,
Quand viendra mon temps.

Et si je t'aime, c'est qu'il faut enfin aimer
Quelque chose qui soit, même en nous faisant mal,
Cher au cœur, songe ou souffle, ou rayon sidéral,
Ou moins, une ombre,— enfin, quelque chose qu'on puisse aimer.

VISION DES AGES

Un vieux château des preux, dans l'hiver mort, sur la hauteur,
Croulant, mais droit et fier, se dresse au-dessus de la ligne
Qui mène les trains fous vers les printemps où sont les fleurs.
Roi des âges, debout dans le rêve de la hauteur,
Il reste là, glacé dans une sublime stupeur,
Et veille sans un bruit, sans une clarté, sans un signe.

Il est celui que les siècles ont couronné
Et qu'on a vu toujours, depuis les Temps, sur la colline.
Il est le grand passé qui, s'attachant à ses racines,
Regarde à ses pieds fuir le moderne déraciné.

Et du pont métallique — où courent des souffles de fer, —
C'est (là-haut dans le ciel des nuits) étrange à voir,
Ce lourd Pétrifié sur cette route des éclairs, —
Sur ces hurleurs de feu, cet antre du silence noir.

LYRISME

I. Les Nuages Reflétés dans les eaux

Deux beaux navires qui là-haut sont des nuages,
Et qui sont du ciel d'or tombés au lac bleuté,
Dans un vague entre-deux d'ondes luisantes nagent
Comme entre l'idéal et la réalité.

Dans leur fin flottement se berce le mélange
Des lueurs de l'aurore et des ombres du soir.
Les heures à la fois sont toutes dans les franges
De leur écume, en qui le clair s'unit au noir.

Mais la brise qui les emporte en sa voix douce,
Chantante, en tournoyant, l'un dans l'autre les pousse.

Ils déchirent leurs flancs, d'une lutte sereine,

Et vont comme assoupis, d'un peu de sang veinés,
Trop lents pour s'éveiller et sombrer, étonnés
Qu'un air de flûte errante ait brisé leur molle carène.

II. A la Vie

Et ne pourrais-tu pas t'en aller ainsi dans les brises,
Saignant comme eux parfois, sans presque le sentir,
Mêlant à l'aube en feu, pour n'en pas trop souffrir,
    Le calme soir qui la tamise ?

Mais si tu n'étais rien que soyeuse et douce chimère,
Sans orages, tourments, injustices, misères,
Si dans ton cœur blessé les flottants nuages des cieux
Pouvaient dormir leur songe, et leur sourire et leurs lumières,
Si nos yeux n'avaient mal, rongés de fièvre à tes Calvaires,
Si tu n'avais l'effroi, l'aventure immense et la guerre,
    Vie, ô magicienne...

            — hélas ! moins belle, moins altière,
Tu serais, ô maîtresse, à mon cœur poète moins chère.

III. Délivrance

Et les nuages vont dans l'humble chanson du vent lent.

Sur nos fronts, à nos pieds, ils vont parmi la grâce
De ces clartés, ciel bleu, soleil rose, flot blanc.
Eoliens, ils vont sans laisser plus de trace
Qu'une haleine bercée à la lèvre en volant.

Ils vont comme un sommeil épandu sur nos âmes.
Mais dans un cri, ce soir, ils se réveilleront ;
Car voyez ! l'inquiet aiguillon de la flamme
Déjà perce leur jeu paisible de rayons.

Ils vont danser la sauvage rafale en fête.
Les yeux se baisseront sous le souffle des airs,
Hors ceux qu'un isolé lève sur la tempête,
Pour lui donner un sourire contre un éclair.

Echappé de la cage où le néant l'emmure,
Où l'air et même la lumière sont rampants,
Où l'âme avec horreur s'éteint sans qu'un murmure
Dise tout bas sa mort, tant les barreaux sont étouffants,

Ah ! vibrant d'être enfin en proie aux vents lyriques,
Sentant son cœur, sauvé du cachot sec et sourd,
Crier, danser, bondir dans ces feux électriques,
Dans ces ténèbres qu'hallucine un divin jour,

Cet homme est frère des doux nuages qui coulent
Sur les ailes des cieux, dans le repos des eaux,
En s'imprégnant d'azur, de foudres et de houles,
D'où vont gicler des vols de chants et de sanglots.

Comme eux, il porte dans sa chair l'aube naissante,
Le couchant d'or qui semble en mourant un éveil.
Comme eux il est, dans la grande nuit frémissante,
Celui qui couve des miracles de soleil.

Plein comme eux des fécondités qui font la vie,
Il est le sang d'aurore et le songe des soirs,
Et la fluidité qui berce l'Energie,
Et le Nil d'en haut, source errant sur les champs noirs.

Comme eux il est mirage, éclair, volcan, fontaine.
Comme eux il rêve, puis se réveille en sursaut,
Voyageur qui, tandis que le souffle le mène,
Va sans bruit, caressant le feu du ciel sous son manteau...

Et des âmes naîtront de ce feu, Souffle, que tu mènes.

L'ÉVADÉ

A l'éventail de la Beauté :

Où donc es-tu, gentil et léger éventail
Qui, près du cher sourire, agitais de l'émail,
Des oiseaux bleus, des ciels d'âme, des fleurs de mai,
Qu'Elle ouvrait comme un rêve et refermait comme un secret,
Pour te rouvrir encore afin que tes corolles
Se rouvrissent aussi dans un jet d'auréoles ?
Où donc es-tu, doux souffle et qui charmais d'azur
Le beau visage calme et l'as fait plus rose et plus pur ?

Au loin, l'éventail chante :

Je me suis en allé dans le vent de la mer...
Enlevé par l'éveil en sursaut des rafales,

Je me suis échappé, preste, en sortant du bal,
De la petite main taquine d'une Omphale.
Le soir d'été vibrait de langueurs pâles et d'éclairs.
Ma nacre en fleur a fui les doigts, nacre de chair.
Je me suis en allé dans l'âme de la mer.
Sur les vents, vers les eaux je me suis envolé,
En emportant mes fins papillons éployés
Et mes oiseaux ouvrant leurs envergures étoilées.
La tempête leur fait chanter un chant très doux,
Quand j'y tourne, en des bals encor, comme une roue,
Sur un naufrage noir, en vain ailé de longs cris fous...

Fleurs, papillons, oiseaux, dans l'infini qui grise,
Ainsi nous nous berçons du repos à la crise,
De la brise qui vague à la vague qui brise...

Sais-tu pourquoi cela nous attire et nous plaît ?
C'est qu'un poéte — en qui des ailes chantent — nous a faits.

*
* *

C'est peut-être sur son naufrage,
— Un naufrage enivré d'immense lutte et de courage,
De ferveur foudroyée et pourtant debout sous l'orage, —
Ah ! c'est peut-être, ô Lyrique, sur ton naufrage
Que dansent le grand souffle et notre hymne doux et sauvage.

LE CHANT NUPTIAL D'OPHÉLIE

Cueillant ta mort en un bouquet de fleurs suprèmes,
Quand tu tombas, le flot tout d'abord ne t'engloutit pas.
Caressant, il te prit en ravisseur tendre et qui t'aime,
Et lève en la gonflant ta blanche robe entre ses bras.

Et toi, flottant parmi la soie épanouie,
Ayant dessus tes fleurs, les baisers du gouffre dessous,
Tu voguais en chantant le dernier chant de ta folie,
Si doux, si nuptial et si triste qu'il nous rend fous —

Et qu'à jamais enfin les Voluptés magiques
Pleureront l'heure où l'épithalame tragique
Descendit s'endormir avec ton bouquet sous les eaux,

L'heure unique où s'ouvrait, ainsi qu'une auréole,
Toute la vierge au vent qui, berçant son tombeau,
Garde un son de sa voix, mais vague a perdu les paroles.

4

Pauvre enfant qui portas la couronne du printemps rose
A la mort en chantant, croyant la porter à l'amour,
Ne frémis pas sous l'onde où tamisés plongent, reposent
Les rayons ondoyants du jour !

Ne frémis pas, mélodieuse sensitive,
Si vers ton blanc sommeil un poète incliné
Penche son front sur l'eau qui te songe, en tombe pensive !
O vierge, ce rêveur, c'est lui ton chant infortuné.

C'est lui ton dernier chant, où la mort et la vie
Se mêlèrent dans ton sourire et dans tes fleurs,
Et, se fondant en sons ravissants dans ta mélodie,
Glissèrent avec toi, sous les flots et sous les douleurs,
Dans les évanouissements baignés de fleurs.

C'est lui l'hymne de mort et l'épithalame de vie,
Ton chant surgi poète et baigné de tes fleurs.

Tout son être est ton chant, ton chant qui vibre dans ses moelles
Et qui bat dans son cœur et qui scintille dans son sang,
Et qui s'est fait son rythme et son âme et, mouvant,
De verbe s'est fait chair, et reste un cri vers les étoiles,

Un feu qui brûle à ses lèvres en soupirant,
Comme un esprit trop pur, un tourment qui râle enivrant.

Amant qui te respire en des rayons d'aubes blessées,
C'est lui ton chant.

C'est lui ton chant perdu, craintive Fiancée,
Lui ton chant nuptial où pleuraient des baisers,
Lui qui te cherche sur les vagues balancées
Et se cherche lui-même en ta couronne dispersée,
En tes glaïeuls, tes romarins et tes pensées,
En les reflets des eaux où ta mort lente s'est bercée
A ce suprême chant dont les sanglots sont des baisers.

Les sons, les eaux, les fleurs conservent un peu de ta grâce.
Ton sourire est dans leur nuance fraîche et lasse,
Dans leur nuance la plus fondante, la plus fugace,
La plus vierge, et qui fuit insaisissable, et qui s'efface.

Mais une aurore encor peut éclore au noir de mon soir.

Et moi qui suis ton chant, moi le poète de l'espoir,
Il me semble qu'après le jour fané qui passe,
Je vais, tandis qu'il meurt dans le crépuscule qui glace,
T'étreindre, t'emporter à ce cœur :

l'aurore du soir.

NOTRE PASSION

DEUX POÈMES DE LA GRANDE GUERRE

I. Prière de la Toussaint

Oh! si vous êtes comme on voudrait tant le croire,
Ecoutez-moi, mon Dieu! Je ne vous ai, vous le savez,
Jamais rien demandé.
Père, dans mes chagrins, dans mes solitudes si noires,
Je ne vous ai, pas plus qu'à mes frères, rien demandé.

Car la prière est un envol adorateur,
Non le placet qui s'efforce, flatteur,
De bien louer le roi pour mieux solliciter.

La prière, colombe éclose au cœur du cœur,
N'a des ailes que pour monter,
Non pour descendre, nous rapportant des faveurs,
Ainsi qu'un pigeon voyageur.

Pourtant, je viens, mon Dieu, vous demander une faveur.

Je ne puis pas faire de phrases.
Il n'en faut point devant tous vos saints, tous nos morts.
De son sang, de ses pleurs, votre France coule à pleins bords,
Dans l'angoisse et l'amour, et dans le martyre et l'extase.

Par milliers, ses tout jeunes gens
Expirent seuls dans les fossés, sous les corbeaux,
En sanglotant : « Maman ! »
D'autres s'éteignent en songeant à leurs enfants,
Et disent sous le gel, dans la fièvre et l'égarement :
« Ah ! quel froid mord leur nid si chaud ! »

O mon Dieu, je m'en viens vous demander une faveur !

Je ne suis qu'un être inutile
— Et si faible ! — un chanteur
Qui murmure à voix basse, et qui perdu va par la ville,
Rêvant sans cesse, en vain, de donner aux autres son cœur.

Eh bien, mon Dieu, si vous êtes la Providence,

Au lieu de l'un de ces beaux soldats, prenez-moi !
Faites-moi cette grâce, et je bénis d'avance,
O Sauveur, votre loi !

Prenez-moi donc au lieu de quelques-unes de ces âmes,
Pour que le clair foyer ne devienne pas noir,
Que les petits encore aient du pain, que la femme
Ne meure pas de désespoir !

Bien que sur mes cheveux le givre s'amoncelle,
Je puis offrir un peu de jeunesse au tombeau,
Un cœur enthousiaste où, rythmes chauds, ruissellent,
Comme mon sang, des cieux et des soleils nouveaux.

Mon Dieu, prenez mes cheveux moitié blancs,
Mon cœur chantant, mon cœur enfant !

Et si vous voulez bien, moi qui n'eus jamais de bonheur,
M'en combler tout à coup dans une suprême lueur,

Laissez-moi voir que nous sommes victorieux,
Pour que tout soit aurore et qu'en fermant mes yeux,
Pour la première fois ils soient pleins, hélas ! de bonheur.

Nuit du 31 octobre au 1ᵉʳ novembre 1914.

II. Dans cette nuit de janvier

Dans la nuit froide où l'on montait vers la mitraille,
Parmi les trous d'obus et le sol écharpé,
Et l'éclair des canons et les piéges crispés,
Dans cette nuit brumeuse où tu montais vers les mitrailles,
— Dans ta faiblesse qu'on insulte ou que l'on raille,
Trainant le faix sous qui tous tes membres ploient et défaillent,—

Si tes deux pieds blessés ont chancelé sous le tourment,
Si le démon a cru percevoir un gémissement,

Alors, si t'ont percé le rire et le blasphème
En te voyant hagard, perdu, pâle, sans voix,
Dis tout bas pour n'en point mourir : Jésus lui-même
N'a pas pu jusqu'au bout porter toute sa croix. —

Dis tout bas pour ne point t'effondrer : Chaque fois,
De Calvaire en Calvaire, et d'extase en douleur,
Ma croix a, près de choir, rebondi chaque fois
    Sur les sursauts de mon cœur.

Ma croix n'est point tombée et son front reste droit.

25 janvier 1918.

DE PROFUNDIS

Le poète n'est pas ce vain gâcheur de rimes,
Ce pantin de salons, ce tourmenteur de mots,
— De mots, — de mots qu'on a jadis trouvés sublimes,
Mais que le perroquet prit si bien pour victimes
Qu'il a dans tous les cœurs tué tous leurs échos.

Le poète n'est pas ce beau pitre de gloire
Qui fait sauter ses tics sur les tremplins forains
Comme des singes, pour que s'esclaffe la foire
Et qu'elle lui décoche, en un double pourboire,
De gros sous au visage et des bottes aux reins.

Ah ! le poète... — c'est le bon semeur de vie,
Qui, sous l'Ombre jeté comme s'il n'était plus,
Chante au noir de la mort l'aurore épanouie

Et fait monter du fond de son âme enfouie
La voix, l'aube et la fleur des bleus Edens perdus.

Et tant mieux s'il porta, comme un joug, dès l'enfance,
L'impure hostilité des hommes et des dieux, —
Si, dépouillé du bien des pauvres : l'Espérance,
Sous la fierté stoïque il n'eut que la navrance
Pour muse, car — sous terre —

                        elle va refaire les cieux.

II. Symbole

Ainsi fait l'Inconnu qu'on a mis sous l'Arc... Et je plonge
Dans ton mystère, ô tombe, — ô tombe la plus ténébreuse,
Où, sans nom, le néant des néants gît comme un mensonge,
Mais d'où, lampe-soleil, la Vérité, la lumineuse,

Monte... Pauvre inconnu ! Qui dira ton cœur, — ni ta voix ?
La mère qui les fit s'est peut-être sur cette dalle
Penchée en pleurs, et rien ne soupire : Arrête ! C'est moi ! —
Quel silence éternel sur l'épouvantable rafale !...

Rêvas-tu ? Chantais-tu les Madelons et la gaîté ?
Avais-tu des yeux clairs comme ce petit si rieur

Qui fut, ô foudroiement, tué soudain à mon côté,
Tandis que juin faisait sous les obus naître les fleurs ?

Quand tu souffrais, la Nuit, pleine d'ennemis qui rampaient,
De conseils noirs, déjà dévorait-elle ton cerveau ?
Mais tu fus un martyr : c'est ton sacre. Purs ou mauvais,
Tes jours ont disparu, ne laissant de toi que le beau.

Sacrifice ! nous dit cette cendre éclose en lumière,
Hostie universelle où l'on aspire le divin !
Soleil, jeunesse, amour, qu'a donnés, qu'infuse sans fin
Au monde celui-là qui n'a gardé que la poussière !

Des millions de voix dans cette poussière de nuit
Répètent : « Sacrifice ! » — et ces muettes, ces voix mortes,
Fouettant les lâchetés, les égoïsmes, sont plus fortes
Que le temps et le mal, et que le silence et le bruit.

Inconnu dont le nom reste englouti sous la tempête !
Vainqueur, comme Jésus, de la mort ! Sauveur de la Flamme,
Créateur de courage et de foi claire, faiseur d'âmes,
Ciel surgi du sépulcre, —

ô Vie.

ô soldat, ô poète !

LIVRE II

SOUS LE SIGNE PERDU
DE L'HIRONDELLE

I

Petite rue,
Où des princes, des rois, des belles et des saints
Abritèrent l'amour divin
Et le profane, égaux au lointain des heures fondues ;
Petite rue,
Enfumée et vieille et perdue,
Et sans voitures, sans aurores, sans matins,
Car, entre tes murs froids, l'ombre s'étend comme un destin ;
Toute petite rue,
Tronquée et mutilée, et qui dors inconnue

Au seuil du clair et du jeune quartier latin,
Petite rue où je suis né,
Je souris en pensant que dans ton coin sourd, si fané,
Si reclus, si fermé,
Et qui te cache, ainsi qu'une pauvresse mal vêtue,
Au bord bruyant de la fontaine Saint-Michel,
Ton nom, parmi les ténèbres toujours accrues,
Garde, dernier reflet de ta jeunesse disparue,
Du soleil encore et des ailes ;
Car tu restes mon enfantine et vieille rue
De l'Hirondelle.

Tu restes, m'évoquant l'enseigne disparue
Dans le noir éternel, tu restes le fidèle,
Triste et berceur symbole et des ténèbres et des Ailes.

Tronquée et mutilée,
Ton premier numéro, c'est vingt. Pourquoi ? Comment ?
La moitié de ta vie est absente, comme envolée.
Tu n'as pas de commencement,
Et moi je n'eus pas de jeunesse.
Mais j'ai peut-être une éternelle enfance,
Qui vivra longuement après moi dans la conscience

De quelque vierge en deuil, au fond très doux de sa tristesse.

Mon enfance ?
Une chose sinistre un peu,
Sur elle qui s'ouvrait, a plané depuis ma naissance,
Comme un grand oiseau noir sur un frêle oiseau bleu.
Mon enfance ne fut qu'un pâle et lent silence.

Les autres enfants dansent,
Se battent et gambadent,
Lancent des cris et des ruades,
Des culbutes et des roulades,
Des grimaces, des escapades...

Seul, je fus l'immobile et le monotone silence...

* *

Faible et sans bruit, dans une humble chambre pensive,
Je me revois, rêvant tout le jour auprès de ma mère.
Là, sa tendresse maladive
Me tenait enfermé comme dans une serre.
Tous les maux qu'elle avait soufferts
Vivaient comme assoupis, et sous le calme, dans ses nerfs,
Tenaillaient sourdement ses sensibles fibres trop vives.
Elle avait peur de tout pour moi, du vent, de l'air,

Et des gamins, et des chevaux et des passants.
Elle avait arrêté les mouvements du temps
Autour de moi... J'étais déjà le solitaire.

Je rêvais, pâle comme une fleur sous la terre.

*
* *

Même dans ce mouvant Paris,
L'hirondelle revient chaque année à son nid.
Mais l'homme, moins heureux, quitte le sien et c'est fini.
Moi, j'habitais, lorsque j'étais un tout petit,
Cette autre antique rue aux enseignes, la Saint-Denis,
Auprès d'un sphinx apothicaire, auprès du bruit
Qui rayonnait du boulevard Sébastopol.
Et, quand j'y vais rôder, la fontaine des Innocents
Me rend encor mes yeux enfants.
Puis, ce fut un quartier lointain, un bruit plus mol
Au coin d'un autre boulevard,
D'où je voyais en bas les boutiquiers bavards,
Et dans les airs encor les hirondelles,
Et le dôme doré de Napoléon dans les cieux,
Et les clartés tremblant dans le soir sombre et lumineux,
Et le miracle vague et divin qui ruisselle
De tout ce que l'enfant pensif a sous les yeux.

Je ne sortais jamais. Tout seul à ma fenêtre,
Je regardais passer, avec ces images de l'être,
Le jeune temps léger, sans y penser, sans le connaître...
N'est beau, n'est ravissant que ce qu'on voit sans le connaître...
Et de cette monotonie
Naquirent en secret, mystérieux comme la vie,
L'âme et le cœur profond de la poésie infinie.
Oui, mon âme et mon cœur, vibrants et souterrains,
Dans ce silence d'une enfance et d'un destin,
— Comme une aube où la nuit laissa du rêve, — s'éveillèrent...

Janvier 1912.

II

Pauvre hirondelle d'une enseigne au loin perdue,
Symbole mort dans l'ombre où ne descend plus la lumière,
Hirondelle au néant fondue,
Fantôme ailé, que tu ressembles à ma vie !
Ma vie, elle a chanté, mais on ne l'a pas entendue.
Accrochée au vieux clou d'un mur ainsi que toi,
Elle a rêvé de longs voyages vers des ciels
De lumière inconnue et des soleils de foi.
C'était trop beau. Clouée aux moisissures du réel,
Elle n'a pu bâtir son nid sous aucun toit.

5

Et pourtant, c'était vrai que j'avais l'âme d'Ariel,
Plus douce au fond des nuits que la rose aurore et plus fiè
Jeune, j'ai vu l'enfer. Blanchi, j'ai vu la guerre.
Et, captif à jamais des ténèbres et du néant,
J'ai plus qu'un autre fait mon devoir sur la terre.
Et c'est pourquoi ma vie,
Humble, pâle et vieillie,
Et jeune et fière encore cependant,
— Car elle garde en elle une des Lyres du printemps, —
Ah ! c'est pourquoi ma vie
Combat, s'indigne et ne veut pas mourir,
Et la voici qui, pour s'exalter et souffrir,
Prend ses rêves lointains, les illusions, les soupirs,
Les espoirs étouffés dans leur berceau naguère,
Les chers amours tombés comme une larme solitaire,
Elle les prend, nouveaux dans leur poussière,
Les ressuscite, les renflamme, en fait un chant,
— Chant d'aurore que dit une voix de l'ombre au couchant,
Et par un écho pur, et tremblant, furtif, le suspend,
Comme un nid doux et noir, à la fenêtre où brille,
En regardant voler une hirondelle, et souriant,
Souriant à l'espace, à la Vie, une jeune fille.

5 août 1921.

LA GRACE DES EAUX

I. Bateaux parisiens

Les clairs bateaux que j'ai chantés dès mon enfance,
Et que la guerre avait emportés aux fleuves de mort,
Enfin les voici donc, après cinq ans d'absence !
Ils reviennent à nous, tels des cygnes immenses,
  Fidèles encore à leurs bords.

Repeints et rajeunis, ce sont de nouveaux êtres ;
Mais je les reconnais, comme d'anciens blessés,
Qui sourient, plus touchants. Et moi qu'ils ont bercé,
  Puis-je ne pas les reconnaître,
Enfant lointain, lointain, mais déjà fiancé

Aux blondes chimères à naître,
Puis-je ne pas me reconnaître,
Sur celui-là qui glisse avec tous mes rêves passés, —

Avec eux, mes morts, mes blessés ?

Août 1921.

II. CHÈRE FOLIE

La chaude nuit d'été s'allumait dans la Seine.
Et j'ai monté sur un ancien bateau,
Mais refait jeune, frais, redevenu berceau.
Des ponts, des quais fuyants, des boulevards là-haut,
Par milliers les lueurs, ces fleurs parisiennes
Volantes, ces magiciennes,
Fourmillant, souriant comme autant de sirènes,
Descendaient et filaient autour de moi dans l'eau,
     Et berçant mon berceau,
Eparpillaient un ciel d'étoiles dans mes veines.

Etoiles de caresse en ma mélancolie !
Sourires d'un visage invisible et si doux !
     Sourires exhalant la vie

En essaims de reflets où ma chère folie,
Se penchant, croyait voir votre sourire à vous!..

*
* *

Rêve d'été, de nuit, d'ondes, chère folie !
Rêve ébloui, dansant, nageant sans faire un bruit
Sous l'astre en éternelle explosion d'or qu'est Paris !

III. LA COUPE

Tous les bateaux se sont fondus à l'horizon...

Et mon rêve, accoudé sur la pierre du pont,
Avec ma tête lasse, est penché. Minuit sonne.
Je sens un blanc levant de lune sur mon front,
Un blanc baiser qui vient m'envahir de rayons,
Froids comme un cœur qui, pâle, à la mort déserte se donne.

Et ce n'est pas au ciel, vieux mage constellé,
Que je vois l'astre, mais en bas, parmi les moires,
Où large il flambe, si chastement illusoire

Que l'on dirait la coupe, en ces eaux, du roi de Thulé,

La coupe d'amour dans la mort,
Ah ! la coupe où l'ivresse dort,
Tombée au fond des froideurs noires, —
Ah ! dans le fleuve mort, la coupe où l'on veut encor boire !

Heureux le cœur trop fou qui peut y boire encor !
Près du grand songe ombreux que font les Tuileries,
Sombres dans la nuit, mais fleuries,
Ah ! cœur trop fou, mon cœur, il faut y boire encor,
Dans cette coupe en fleur de lune, y boire encor
L'amour fascinateur, et t'y plonger, —

                                 fût-ce en la mort !

L'amour, ah ! t'y plonger, fût-ce au fleuve noir de la mort !

IV. L'Eau est Femme

Fraîcheur de l'eau, douceur
De ses lueurs !
L'eau fuyante est si femme,
Les soirs d'été,

Qu' il n'est pas une rame,
Pas un son, pas une âme,
Pas un reflet bleuté,
Un frisson argenté,
Qui, la frôlant, n'y pâme
En volupté.

L'eau, mon cœur a rôdé la nuit dans ses lueurs,
Mes yeux mi-clos dans sa douceur et sa fraîcheur.
J'ai bercé longuement ses aériennes couleurs.
Et c'est pourquoi, penché sur ses moires et ses résilles,
Je puis, encor divin, chanter encor la jeune fille.

LA BEAUTÉ LA PLUS FEMME

I. L'Annonciation du printemps

Ah ! l'hiver, nu comme un remords mordant la faute !
J'allais, pâle et pensif en lui le désolé.
Mais j'y sentais en frémissant venir un hôte,
Celui-là qui jadis m'a tant charmé, m'a tant troublé,

Le Renouveau. Son cœur battait sur le silence.
J'écoutais dans le bois ses ailes s'agiter.
Et les petits oiseaux, comme si l'espérance
Pour moi s'ouvrait encor, déjà commençaient à chanter.

Et le soleil dorait d'un blond si fin la vie
Que parmi ses rayons je fermais les deux yeux,
Pour croire, en ce baiser de la chaleur bénie,
Que j'errais à travers la caresse de vos cheveux.

II. D'OMBRE ET D'AMBRE

Vos cheveux par la grâce ondulés, vos cheveux
Sont plus fins et plus purs et plus voluptueux
Que le frisson chantant de mon cœur quand il les caresse.
Ils ont plus de reflets, pris à d'intimes cieux,
Que ces flocons d'amour dont naquit parmi l'allégresse,
En des scintillements d'onde vierge, Vénus déessè...

Tous ces scintillements qui revivent dans vos cheveux.

Chevelure, beauté la plus femme des femmes,
Nuage pour la nuit et pour le jour soleil,
Flottante et fuyante merveille,
Magnétique au toucher comme une ruche d'âmes,
Et douce comme un miel où miroite l'or des abeilles.

Beaux cheveux, miel rêvé,
Beaux cheveux, miel filé,
Filé suavement en chauds rayons par le soleil !

Aimant qui flotte et vole, et joue et nous attire,
Si féminin, si radieux et si léger.

Qu'à nos yeux ses baisers mousseux sont des sourires
Et qu'à nos cœurs tremblants ses sourires sont des baisers.

Beaux cheveux, premier voile d'Eve,
De son cou, de ses flancs ! Dans la chute damnée,
Tu restas sur son front, reflet d'amour, source du rêve,
Comme pour dire : « Dieu par ce signe l'a pardonnée. »

Oui, pouvant arracher à la pleurante pécheresse
Ce trésor de rayons et de féminité,
Il fit s'épanouir cette couronne de caresses ;
Car il voulait qu'un jour de surnaturelle beauté

Ta fille, Eden perdu, consolât Dieu lui-même
Et, sur le chemin douloureux,
Essuyât de sa main, si blanche que tout l'aime,
Les pieds saignants du Christ avec ses fins, ses longs cheveux.

LA PRIÈRE DES BAISERS

I

Les Baisers :

Pitié pour nous dont l'âme est un si moelleux bruit !
Nous sommes des oiseaux enfermés dans la nuit,
    Sans fleur et sans bocage.
Dehors, tout est soleil, tout chante, adore clair,
Mais un poète nous tient captifs dans sa chair,
    Trop sensitive cage.

Oh ! grâce ! Ayez pitié de nos tremblants essaims,
Qu'appelle en les fuyant le chaste nid des seins,
    Et qui brûlent, pantellent,

S'élancent, sanglotant et chantant tour à tour,
Et retombent brisés dans leur geôle d'amour,
    Avec leurs milliers d'ailes !

Vous leur printemps, ô vous, l'angoissante douceur, —
Ayez pitié des prisonniers et donnez-leur,
    Comme on donne la vie,
Votre image où s'épandre, afin que leur douleur
S'enchante à s'y tromper et tire un long bonheur
    De leur tendre agonie !

II

Le Poète :

Silence, mes baisers ! Cachez-vous dans mon cœur,
De peur d'effaroucher la suave vierge en sa fleur !

LUMIÈRE

Est-ce l'aurore, tout ensemble vive et fraîche,
Dans le soir aussi pur que l'enfant sauveur dans sa crèche ?

Est-ce la lune des nuits de juin sur les fleurs,
Qui vient dans l'ombre et change en ravissement les douleurs ?

Est-ce un soleil levant sur un champ de bataille,
Ressuscitant mes morts en baisant leurs pâles entailles ?

Est-ce un astre inconnu, coulant tant de douceur
Qu'il fait renaître en moi,comme un fruit qui chante,mon cœur ?

Elle est bien tout cela, par mon rêve enlacée,
Mais beaucoup plus encore : elle est ma claire Fiancée.

LA FIANCÉE

C'est vous que, dans les beaux mirages de l'enfance,
        J'aimais si doucement,
Et c'est votre visage insaisissable qu'en silence,
Dans l'ombre, je voyais sur ma frêle vie en dormant...
Dans l'ombre se pencher sur mon sommeil tendre et souffrant...
Se pencher souriant sur mon berceau pauvre et souffrant...

Et c'est vous cette fraîche et délicate aurore
        Aux longs rayons berçants,
Qui dans les soirs naissait à mes yeux innocents,
Mes grands yeux qui, charmés, n'étaient pas myopes encore...
    Les grands yeux chauds de mes cinq ans,
Qu'admiraient, souriant, les jeunes filles du printemps.

Et c'est vous que cherchaient, dans ma jeunesse solitaire,
        Mes vingt ans, mes trente ans,
Pour fuir dans votre cœur ma cage délétère
Et pour y refleurir mon génie exaltant...

Et c'est vous qu'appelaient les sourds poëmes de l'esclave,
    Vous mon chaste tourment,
Vous mon fiévreux désir ! Déchiré, doux et grave,
C'est vous dont je rêvais quand l'émerveillement
Chantait la nuit d'amour dans la nuit déserte qui ment,
Ah ! quand la solitude et l'émerveillement
Chantaient et gémissaient, ô désespoir, enchantement !

Et je vous trouve enfin, lorsque ma chevelure
    Se remplit de fils blancs ;
Je vous trouve au seuil noir et froid quand ma nature
Allait mourir de vous attendre vainement...
Mourir de mon espoir grelottant en l'égarement...
Mourir en souriant au poignant espoir fascinant.

Je vous trouve, et c'est vous mon âme, ma pensée,
Mon rêve, ma beauté, mon délice, mon cœur,
Vous ma jeunesse magique, ma fiancée,
De blancheur, de sourire et de ciel pâle nuancée,
Vous ma Muse, ma créatrice, ma douceur,
Mon printemps souriant, mon enfant, ma mère, ma sœur.

Oui, ma mère, plus douce encor que l'autre mère,
Car elle au nouveau-né donne le commun jour.

Mais vous, plus près du Dieu des Genèses premières,
Vous me donnez sans y penser votre lumière,
Plus jeune et plus suave et qui seule m'éclaire.
Et le soleil, les fleurs et les airs et la terre,
Ne brillent plus pour moi que par elle, cette lumière
Qui vierge et souriant s'appelle Amour ! Amour !...

Lumière de vos yeux, de vos cheveux, lumière
Du cœur caché, du corps mystérieux, lumière
Qui vierge et fiancée est le sourire de l'amour !

PREMIER BAISER

I. Le Rêve

Noyés d'ombre et d'éclairs comme les dieux dans les histoires,
Je nous ai vus tous deux perdus dans un bois noir,
Et ce cœur sur mon cœur, cette chair qui doucement luit,
Et tonnerre et rafale, et nos mains enlacées,
Et le ciel qui galope en longs tourbillons insensés,
Et qui roule de plus en plus la pâle pluie,
Et va se dispersant en nuit partout, dans tout,
A travers la forêt qu'envahit, que secoue
L'horreur, la trombe, l'invisible qui s'épeurc, —
Tandis qu'en nous l'azur immense, enfui du ciel,
Se plonge, avec son vol de soleils d'où ruisselle,
Dans nos sens, en rayons de flamme et de bonheur,
Notre premier baiser donné là tout à l'heure...
Et l'orage, et l'éclair où vous brillez plus belle,

Verse un torrent nocturne en l'arbre qui ruisselle
Et des ondes d'or dans mon cœur.

Je ne sens, je ne vois, sous l'arbre qui ruisselle,
Qu'un grand baiser d'amour, qui pleut sur mes yeux et mon cœur...
Qu'un orage d'amour, coulant ses feux d'or dans mon cœur...

II. NATIVITÉ

Et voici donc, porté sur le songe du solitaire,
Voici qu'il est venu, familial et sans mystère,
Ce jour, — oh ! si, pourtant, il y palpitait un mystère,
Dans ce beau jour tremblant, dans cette chambre claire
Où je vous l'ai donné sur votre fine joue,
Le premier des baisers,
Le plus adorant des baisers.
Mais je n'en peux rien dire et ne puis le chanter.
Et c'est triste, mon impuissance, mais bien doux.
C'est qu'à présent, soudain, les mots comme les choses
Ne sont plus eux, mais sont d'ineffables métamorphoses.
Et dans le soir de rêve où mon cœur, où cet Ariel
Danse sans vouloir s'apaiser,
Le beau ciel, d'étoiles grisé,

Vient d'éclore de nous, et ce n'est plus le même ciel.
C'est le fourmillement d'innombrables baisers.
C'est une myriade, immense et douce, de baisers.

Et devant la nuit pâle et devant l'ombre austère,
Où l'automne m'attend, déjà froide comme un suaire,
Tout s'imprègne d'un bon, réchauffant, suave mystère.

Car il est fait, ce jeune ciel divinisé,
Ouvrant ses fleurs de rêve et ses myriades grisées,
Il est tout entier composé
Du sourire, ô pudeur ! que vous eûtes sous mon baiser.

III. Le Retour dans la nuit d'Automne

Les étoiles dans la nuit
    Dansent, dansent, dansent...
Mais ce n'est peut-être bien
    Que mon cœur tout seul.

Mon cœur, tout seul dans la nuit,
    Danse, danse, danse...

Mais ce n'est peut-être bien
   Qu'une illusion.

L'illusion dans la nuit
   Danse, danse, danse...
Non, c'est une vérité, —
   Mon baiser qui songe...

Qui songe et qui dans la nuit
   Danse, danse, danse...
Mais n'est-il pas, ce baiser,
   Le ciel et la terre ?

Ciel et terre dans la nuit
   Dansent, dansent, dansent...
Et sans doute que c'est bien
   L'ivresse du monde.

*
* *

Dans ce ruissellement d'astres, d'ombre et de nuit,
Et de lumières en baisers épanouis,
O dansante, profonde, infinie ivresse du monde !

LE CŒUR

A présent que le jour approche
Qui va tout me donner,
Je suis tel qu'un songe étonné,
Une détresse en moi, comme un glas nocturne de cloches ?

C'est un soupir intime, une tristesse
Qui n'appelle que votre cœur,
Qui ne veut que lui seul, seul dans sa fraîche fleur.
Toute autre image est morne, et me déconcerte et me blesse.

Je le veux, lui seul et toujours.
Sans lui, tout me fait mal, votre chère grâce m'offense,
Sans lui, c'est encor le silence
Qui m'a pris dès l'enfance
Et qui pèse sur moi. — pèse, interminablement lourd.

Oh ! le silence ! et moi, j'ai besoin du chuchotement
D'un bon cœur d'enfant et de mère.

Et qui, bien doucement, m'ouvrira ses claires chimères,
Bien doucement et bien candidement...

Ce jeune cœur, ma jeunesse dernière,
La chaleur, la rose d'aurore
Sans qui les cieux seraient des morts !...
Oh ! le plonger en moi, comme une suprême lumière,

Oh ! le plonger, ainsi que la lampe du ciel,
Que l'on mettrait dans une tombe recueillie,
Pour qu'elle y fasse éclore et les nids de la vie,
Et les fleurs de l'Eden, les fleurs de soleil et de miel !

Toutes ces fleurs et tous ces nids, toutes ces ailes
Et ces flammes d'amour,
Je puis, moi cette tombe, être leur féerique séjour,
D'où jaillira comme eux ma naissance nouvelle,
Toujours surgissante et nouvelle,
Pourvu, sous mes baisers, que ton cœur soit pur et fidèle.

*
* *

Oh ! dans l'ombre ce cœur aux délicatesses si femmes,
Ce cœur fou bondissant sous mes lèvres brûlantes,
Et puis pâmé, comme endormi sous les très lentes,

Lentes caresses, effleurantes
Légèrement et frêlement comme des âmes,
Comme de longs duvets tremblants que moi poète,
En dormant et rêvant, j'ai ravis à l'aile inquiète
De l'oiseau bleu.

Je veux l'envelopper, ce cœur délicieux,
Ainsi qu'en un filet, dans les duvets de l'oiseau bleu.

*
* *

Que les duvets de l'oiseau bleu dans les blandices,
Que son chant, palpitant dans le mien, que ses ailes
Parcourant et baisant tout votre corps, y glissent
Comme un souffle électrique et, sur vos blancheurs lisses,
Poursuivent le cher nid de béatitude éternelle !

Vous sourirez, vous sourirez, dans un tel songe,
Tel qu'il en oubliera que ces duvets câlins,
Dont les frissons en vous, de veine en veine, se prolongent,
Ne sont qu'un délicat frôlement léger de mes mains.

Oui, les pâles mains du poète,
Oui, les ailes de l'oiseau bleu, sur vos blancheurs,
Sur toutes vos beautés, vos roseurs, vos pudeurs

Tremblantes et secrètes,
Glisseront en cherchant ce nid suprême : votre cœur...

Glisseront sur ces nids, bouquets d'intimes fleurs,
Sur ces grâces d'amour, tremblant de peurs secrètes,
Et partout chercheront le nid suprême : votre cœur.

Oh ! le saisir, enfin le caresser dans sa douceur,
A tout jamais, ce nid des nids, ce cœur du cœur !
Dans ce nid m'endormir en baisant ce cœur de mon cœur !

LIVRE III

LES VISAGES MÊLÉS

I. L'Aurore et le Soir

Cette fontaine dans les fleurs si loin du monde,
Jouvence où vit mon cœur, plongé si loin, si loin des sondes,
Jouvence intime où dort ton sourire jeune et penché,
  Est si profonde
Qu'un soir éternel veille au fond, comme caché,
Effleuré du reflet de douceur épanché
Par l'aurore aux nuances blondes
Qui d'en haut rôde sur l'immobile rêve de l'onde,
Le rêve né sans bruit de ton cher sourire penché
  Sur l'eau profonde...
C'est toi l'Aurore, — et moi le Soir dans l'eau caché.

II. Jouvence

  Deux pâles images
 Dans le ciel de la fontaine !

Ce sont nos visages
— Mêlés, — douceur si sereine
Qu'elle en apparaît lointaine...

Lointaine et présente
Ainsi que l'âme éternelle
D'une fée absente,
L'âme qui sans bruit ruisselle
Dans la moire et nous appelle.

Fée un peu sirène,
Attirante, évanouie,
Sirène, fontaine,
Ma Jouvence épanouie
En illusion ravie !

Illusion blonde,
Ineffable comme l'ange,
Fontaine, ô Profonde !
Sein fluide qui mélange
L'Aurore et ce Soir étrange !...

*
* *

Et toi, mon amie,
— En ce soir calme qui pense,
Aurore endormie, —

Charmons tant notre alliance
Que le divin s'en élance !

Mais nos mains nerveuses,
Ne touchez pas à la moire !
Haleines peureuses,
Ne réveillez pas l'eau noire...
La lente mort dans l'eau noire...

Car cette fontaine,
Faite des pleurs solitaires
Que dans ma jeunesse
Je portais cachés en moi,
Garde la mort et la vie, —

La pensive mort
De tant de fleurs et de leurres,
Et de chers mirages,
Noyés tout au fond du soir, —
Mais la vie aussi, la vie ;

La mort et la vie,
Toutes deux entrelacées
Dans l'eau si tranquille,
Et toutes deux souriantes
De ton sourire penché.

LA SOUTERRAINE

Toi que j'aimais avant de te connaître,
Toi dont mon songe en se charmant dit que peut-être
C'est mon souffle qui, chaud de désir, te fit naître,
Pour que transfiguré, plus fort que toute loi
Des hommes et des dieux, à mon tour je naisse de toi,
Ah! je t'ai trop longtemps, dans l'ombre infinie, attendue.
L'ombre!... Et c'était si tard, lorsque enfin tu m'es apparue
L'ombre! Un peu d'elle, en l'aurore du soir intime,
Reste et me dit tout bas, comme un cauchemar de l'abîme :

« Tu l'as trop adorée absente,
Et ne sais plus assez l'aimer présente... »

Ah ! ce cauchemar, il blasphème,
Car je t'aime, oh ! je t'aime !
Mais il semble parfois qu'aujourd'hui m'est un étranger,
Bien que divin, tant l'ancien rêve a submergé
L'avenir même, et tant le néant noir m'a ravagé.

Et parfois il me faut encor ma solitude,
Elle ma sainte et ma sinistre solitude,
Il me faut la revoir pour bien sentir comme je t'aime,
En écoutant mon cœur, sous le vent sourd et rude,
Battre seul en moi-même,
Ah ! pour toi battre seul comme il battait seul autrefois,
Dans mon passé désert, qui maintenant me donne froid,
Avec ses grands yeux morts, si loin, si morts,
Où pourtant ma jeunesse en flamme brûle encor !

Ah ! quand de ce désert je la rappelle, ma jeunesse,
Comme autrefois souterraine dans son ivresse,
Exaltante de vie et plus souterraine qu'un mort,
Souterraine en son cœur, en mon cœur... Ma jeunesse !

Lorsqu'en moi je la sens vibrer, revivre encor,
Et toujours souterraine en ce cœur d'amour... Ma jeunesse !

LES DEUX AILES

Sois ce qui brille et vole, et gazouille et verdoie,
L'oiseau, la fleur, l'éclair, la vague de satin,
Où chante, rêve, ondoie,
Sourit, flotte, chatoie
Notre destin !

Sois chair de lune avec chevelure de brise !
Moi, je serai le mur, dressé par le ciment,
Que ne plie ou ne brise,
Dans le calme ou la crise,
Force ou tourment.

Car c'est moi ton soutien, puissant quoique si frêle,
Qui toujours sera fixe et droit comme une tour
Portant le nid fidèle
Où bat ton cœur, cette aile
De notre amour.

A l'intérieur bat — bondit pour la joindre — l'autre aile.

ÉOLIENNES

I. NOCTURNE

Ah ! l'humide Magicienne, doucement,
Comme ses longs rayons respirent ton visage
    Dans le vent doucement !
Tout humides de ciel, comme ils aspirent doucement,
Doucement, lentement et furtivement ton visage !
Charmant l'horizon noir, nageant dans le songe dormant
    Pour endormir l'orage,
Ils sont le nimbe pur et le pâle éblouissement
    Du cher visage...

Au loin vole un éclair silencieusement.
L'orage dort... Je rêve, en ce tourment-apaisement,
Que les oiseaux sont morts de caresses dans le feuillage.

O magie ! — et de plus en plus intimement
L'astre doux et furtif aspire le jeune visage.

7

Vas-tu te fondre, ainsi qu'un féerique nuage,
En ce nimbe qui dans l'air nage ?...

L'été vole en éclairs silencieusement,
Vole vers l'infini comme un amour rouge et sanglant,
Sans réveiller du virginal ravissement
Le frais songe lunaire, immobile, immense, — si blanc.

II. RÊVE ÉOLIEN

Dans la fraîche liqueur que la lune épanche, il n'est rien
Qui ne devienne aérien
Comme un songe envahi de ciel flottant, si bien
Que nos deux ombres, moi la noire et toi la rose,
Rôdant sans bruit parmi l'insaisissable apothéose,
Sont prises par un vague — oh ! vague — essor de toute chose

Et que je rêve, aérien, éolien,
Je rêve, — je rêve, — je rêve
Que les oiseaux se sont évaporés au rêve,
Se sont, pour s'exhaler en vol, plongés au rêve,

Se sont noyés, — noyés en ces rayons blancs et dormants...
Je rêve qu'ils sont morts du rêve,
Percés et caressés (comme d'un rouge et giclant glaive)
De ces muets éclairs qui font divinement
Palpitant, mais bercé, le sommeil-éveil de l'orage...
Tous ces bleus oiseaux, bleus comme nés d'un mirage,
Je rêve qu'ils se sont fondus en ces rayons,
En ces éclairs, en ces brises sur qui voyage
A présent leur volant naufrage,
Un pur, un parfumé naufrage, immense et bon,
Plein d'ailes voltigeant dans le vague, leurs ailes,
A ces lutins mignons de nos arbres, leurs ailes,
Qui maintenant, avec leurs chants épars, ne sont
Que les murmures, les baisers et les frissons
Du vent qu'ils font si doux pour caresser tes belles,
Blondes chairs souples sous le chuchotement des dentelles...

Et de là ton sourire en ces brises surnaturelles.

III. OISEAU-SOUFFLE

1

Ces oiseaux du vent,
En frôlant tes yeux fermés,

Que leur disent-ils,
A tes yeux par eux charmés,
Qui s'enivrent de leurs ailes ?

2

Nos rêves qui rôdent
Sur ces ailes soupirantes
Et vagues, si vagues
Qu'elles ne sont que fuyantes
Caresses des amours mortes !...

3

Que ce clair est blanc !
Oiseau-souffle, l'Ineffable,
Volant sous la lune,
Est, dans sa douceur de fable,
Invisible comme Dieu.

L'INSAISISSABLE

Ton visage n'est pas ce camée orgueilleux,
Si fixé que l'on croit qu'en vain le temps s'y ronge.
Tu n'as pas la beauté sculpturale des dieux,
    Mais la grâce du songe.

Ce n'est pas une pointe aux astres d'or trempée
Qui, des cieux, dessina ta face aux fins contours.
C'est, plus humble, une plume ondoyante, échappée
    A l'aile des Amours.

Mais il n'est pas sur terre assez subtil pinceau
Pour les peindre, ces traits, surtout quand ton sourire,
Si musical, fait d'eux l'aérien berceau
    D'hymnes fuyant la Lyre,

D'hymnes qui, trop divins et trop fondants pour elle,
Se dérobent en la baisant, papillonnant

Comme font les rayons qu'un poing d'enfant tout frêle,
  Y brillant, tâtonnant,

Cherche à saisir... Et ton visage, comme eux clair,
Et comme eux épanchant le ciel et sa caresse,
Se dérobe comme eux en baignant l'ombre et l'air
  De charme et de tendresse.

Quelque chose de toi sans trêve s'évapore
Et fuit sous mes baisers soupirants et chantants,
Et meurt comme la cendre errante d'une aurore
  Aux sombres doigts du Temps...

Et c'est la grâce qui s'évade, c'est mon dieu,
Cette grâce que bouche, étreinte ni palette,
Ne peut fixer, fixer sous la poursuite en feu,
  Farouche, humble, inquiète...

Exhalant, expirant la divinité même,
Amie, ah I n'es-tu donc, malgré l'enchantement,
Et tout mon cœur, tout mon amour, rien qu'un suprême
  Evanouissement ?

Et quand je donne un faux reflet d'éternité
Par mes chants à tes traits qui me font ma lumière,

Mon souffle ne va-t-il caresser, ô beauté,
    — Déjà ! — que ta poussière,

Qui m'échappe, invisible, hélas !... Mais c'est étrange,
Quand je tiens là ton cœur battant contre mon cœur,
Comme est un tourment tendre à mon rêve, un mélange
    D'angoisse et de ferveur,

Cette fuite incessante et lente, cette mort
Qui t'enlève seconde à seconde, et fatale
Attise mon étreinte et ma fièvre, ô trésor
    D'Orphée ou de Tantale !

Ah ! si l'unique, si le meilleur, l'ineffable,
Est cela seul dont nul ne sait rien retenir,
Ah ! lorsque dans nos nuits fuse l'Insaisissable,
    Ah ! que moi, sans gémir,

Je te chante en accents si prenants, si dormants,
Si bas, si purs, si pleins des douceurs de mes moelles,
Qu'ils feront moins de bruit que les frissonnements
    S'envolant des étoiles,

Moins de bruit que la ronde illusoire du rêve
Au ciel qui tremble, et moins que la mousse des nids,

Et que tes seins mouvants sur qui mon front s'élève,
En songe, aux infinis !...

Et dans l'ombre qui n'est le sommeil ni la veille,
Mais un grand sortilège épars noyant les deux,
Tombe errante où je berce, ainsi qu'une merveille,
La cendre de mes dieux,

Si la rôdante mort dit que ce n'est pas toi,
Ce chant triste, impuissant à sauver ton image,
Nous charmerons si bien mon verbe et notre émoi,
Mon verbe, doux orage,

Souffle, éclair, nous le charmerons si bien dans l'ombre,
Sur un si tendre désespoir, ô volupté,
Que sourira sur nous, comme la rose du décembre,
La noire éternité.

FIN

TABLE

TABLE

LIVRE II

LIVRE III

ACHEVÉ D'IMPRIMER

le trois février mil neuf cent vingt-sept, par

BUSSIÈRE

à Saint-Amand (Cher)

pour le compte de

A. MESSEIN

éditeur

19, QUAI SAINT-MICHEL, 19

PARIS

www.ingramcontent.com/pod-product-compliance
Lightning Source LLC
LaVergne TN
LVHW050844200726
843507LV00001B/417